그대가 있어 행복합니다

김선목 시집

인성이 아름다운 시인 김선목

시를 잘 쓰는 시인은 많다. 하지만 멋진 詩로 많은 독자의 가슴에 남을 수 있는 작품을 집필하면서 인성까지 좋은 시인은 찾아보기 힘든 현 시대에 김선목 시인을 만난 것은 독자의 한 사람으로서 기쁜 마음이다. 시인이 가지고 있는 내면의 이미저리를 표현하는 기본적인 실력을 갖추고 완성도 있는 리리시즘 "lyricism"을 바탕으로 한 詩作을 예술 작품으로 표현함으로써 서정적인 정취. 심정, 고백이나 자아가 투영된 많은 작품에서 잘 보여주고 있기에 그러하겠지만 인간다운 내면이 천성적으로 아름다운 사람이기에 더욱 정감이 가는 김선목 시인이다.

사람은 외로울수록 말을 많이 한다. 그마저도 할 수 없을 땐 글을 쓴다. 가슴엔 공허함에 쌓이고 일상의 권태로 주체할 수 없는 허무와 외로움은 스스로 올가미에 갇혀 거울 속에 갇힌 자신을 찾을 때 시인은 그렇게 세상과 자아와의 대화를 시작한다. 김선목 시인이 세상에 하고 싶었던 화두는 무엇일까? 또 자신과 가족에게 표현하고자 하는 의미는 어떤 것일까 하는 의문점을 가지고 김선목 시인의 첫 시집 "그대가 있어 행복합니다."를 정독해 보면 시를 쓰고 가장 좋은 점이 얼굴에 웃음꽃이 피었다는 소리를 듣는 것이라는 김선목 시인의 말을 이해할 수 있다.

김선목 시인의 첫 번째 시집"그대가 있어 행복합니다."가 이 세상에 태어났다. 문학을 사랑하는 많은 독자뿐 아니라 그 누구나 함께 할 수 있는 잔잔한 감동을 줄 수 있는 시집이기에 시집을 읽는 독자와 함께 행복해지기를 바라면서 추천한다.

사단법인 창작문학예술인협의회 이사장 김락호

시인의 말

그대가 있어 행복합니다.
삶을 영위하는 환희를 맛 보기 위해 태어나
기술인으로 살아온 삶이 행복하고
시인이 되어 더욱 행복합니다.
어버이와 아내와 자식이 있어 행복합니다.
시인과 연인과 벗들이 있어 행복합니다.
뜨거운 태양과
은은한 달빛에
별처럼 빛나는 수많은 사연들.......
그 속에서 희로애락 애오욕을 느끼는
자유로운 영혼이
속없는 백지를 채색하며
시를 쓰고 노래하는
지금, 이 순간의 삶이 행복합니다.
지금, 이 순간을 당신과 함께해서 행복합니다.
참, 행복합니다.
참, 고맙습니다

시인 **김선목**

1부 그대의 향기

10 … 백지

11 … 그대가 있어 행복합니다

12 … 그리운 어머니

14 … 하얀 면사포

15 … 시집

16 … 으뜸 사랑

18 … 꼬마대장

19 … 흰머리 소녀

20 … 흔하디흔한 행복

22 … 각시 타령

24 … 당신의 얼굴

25 … 오월의 그대여

26 … 엄마의 설

28 … 천사를 사랑한 천치

29 … 삶의 끈

30 … 들꽃 같은 당신

31 … 아름다운 인연

32 … 따뜻한 당신

34 … 아욱국 추억

35 … 어버이 향한 독백

36 … 아버지의 어깨

37 … 치솔 통 한 가족

38 … 동행

2부 향기로운 인생

42 … 人生이란
43 … 가온 누리
44 … 괜찮아
45 … 촛불의 고독
46 … 꿈의 세계
47 … 바라보는 내 모습
48 … 가난
50 … 희망의 노래
51 … 빛과 그림자
52 … 허 허 허
54 … 무변광야(無邊曠野)
56 … 먼동이 틀 때
58 … 한 점이 되어
59 … 마음(心)
60 … 지평선은 말이 없다
61 … 어느 질책
62 … 인생이 남기는 것은?
63 … 은인
64 … 푸르게 살자
65 … 취락펴락하는 너
66 … 불타는 애태움
68 … 향기로운 인생

3부 사랑의 노래

72 … 꽃길
73 … 이런 사람이 좋다
74 … 찻잔에 어린 사랑
75 … 사랑의 밀어
76 … 바닷가 연정
77 … 낙엽의 꿈
78 … 가을 그네
80 … 꿈길
81 … 그 빛이 사랑이었음을
82 … 너라서 좋다
84 … 가을비 사랑
86 … 따뜻한 그리움
87 … 사랑은 행복을 낳습니다
88 … 목련화
89 … 봄 앓이
90 … 봄은 어디서 오는가
91 … 진달래 연정
92 … 하늘에 감사하며
93 … 당연한 사랑
94 … 첫사랑
95 … 가을 나그네
96 … 내 안의 너
97 … 꽃의 향연

4부 고향의 향수

100 … 행복
101 … 아련한 그리움
102 … 옛날이여
104 … 고향 생각
106 … 회상
108 … 글 벗
109 … 구월이 오는 소리
110 … 여름밤의 소리
112 … 허 허
114 … 신정호수 연가
115 … 산막이 옛길
116 … 서리꽃
117 … 비와 나랑은
118 … 사랑의 오솔길
119 … 꽃 바람
120 … 진달래야!
121 … 귀목나무
122 … 남풍아!
123 … 나목을 품은 사랑
124 … 만민의 향수
125 … 그리운 날에는
126 … 황금알을 셀 틈 없네

QR 코드 스마트폰으로 QR 코드를 스캔하면 시낭송을 감상할 수 있습니다.

제목 : 그리운 어머니
시낭송 : 박영애

제목 : 으뜸 사랑
시낭송 : 박영애

제목 : 꼬마대장
시낭송 : 최명자

제목 : 삶의 끈
시낭송 : 김지원

제목 : 가온 누리
시낭송 : 김락호

제목 : 꿈의 세계
시낭송 : 박영애

제목 : 이런 사람이 좋다
시낭송 : 임숙희

제목 : 옛날이여
시낭송 : 최명자

1부 그대의 향기

혼자서 해야 할 일 너무 많아

때로는 나 자신이 쉬어야만 할 때

당신의 사랑 숲에 이상의 나래 펴고

진정 웃을 수 있어 행복합니다.

백지

티 없이 맑고 고운
속없는 나신에
자유로운 영혼이
애무한 흔적을
한 마리 학의 춤사위로
흑백을 채색해 담는다.

그대가 있어 행복합니다

내 마음에 품어야 할 사람 때문에
나도 모르게 마음이 아파집니다.

혼자서 해야 할 일 너무 많아
때로는 나 자신이 쉬어야만 할 때
당신의 사랑 숲에 이상의 나래 펴고
진정 웃을 수 있어 행복합니다.

내 어깨에 기대는 사람 때문에
나도 모르게 마음이 무겁습니다

혼자서 감당할 일 너무 많아
때로는 어려움을 잊어야만 할 때
당신의 팔베개에 현실의 나래 펴고
편히 기댈 수 있어 행복합니다.

가곡 작시

그리운 어머니

찔레꽃 향기로운
내 고향 오솔길
아침 햇살 한 아름
안겨올 때면

내 맘에 피어나는
어머니 생각에
그리워 그리워서
먼 하늘 바라보며

어머니, 어머니,
어머니를 불러봅니다
보고 싶은
나의 어머니.......

그리움이 밀려오는
달빛 고운 밤
소쩍새 우는 소리에
애절한 마음

가슴에 밀려오는
어머니 생각에
보고 싶고 보고 싶어서
저 먼 달을 보며

어머니, 어머니,
어머니를 불러봅니다
보고 싶은
나의 어머니.......

제목 : 그리운 어머니
시낭송 : 박영애
스마트폰으로 QR 코드를 스캔하면
시낭송을 감상할 수 있습니다.

가곡 작시

하얀 면사포

천사를 닮은 듯이 예쁜 여인이 여기 있소!
바라볼수록 빛나는 여인의 눈길은
아직도 하얀 면사포라오.

가족을 사랑하는 어여쁜 마음이
천사를 닮은 듯이 순수한 여인
영원한 내 사랑 하얀 면사포라오.

마리아 닮은 듯이 선한 여인이 여기 있소!
유리알처럼 빛나는 여인의 손길은
아직도 하얀 면사포라오.

이웃을 사랑하는 고운 마음이
마리아 닮은 듯이 순수한 여인
영원한 내 사랑 하얀 면사포라오.

가곡 작시

시집

딸아이가
말없이 건네주는 작은 쇼핑백
설이니까
선물인가 하는 순간
청첩장이란다

한 장을 꺼내어
이리 보고 저리 보고
뒤집어 보는 청첩장에서
딸과
그 어미와
장모님 얼굴이 떠오른다

설음식 준비하는
그 어미의 모습에서
딸이 가야 하는
여자의 일생이 그려진다

설이다
엄마가 얼마나 그리울까
저 사람은…….
딸도 그러겠지…….
시집을 가는구나.

으뜸 사랑

모르는 사람이 만남은 하늘의 뜻입니다
아버지와 어머니의 만남이 내림하여
아내와 나의 만남이 내림내림 합니다
어버이에게 아이들은 샛별이며
해와 달과 별의 만남은 거룩함입니다

아내와 나의 내림 샛별을 품어 살면서
하늘의 뜻을 먼빛 보듯 하다가
안갚음 하려 하니
마음눈 곱다시 베풀어 주신 사랑이
하늘 같아서
바라볼수록 거늑할 따름입니다

이젠 파뿌리 된 머리 매만지며
눈과 귀가 어두워지고
주름 골 합죽한 얼굴엔
검버섯만 늘어가는 어버이여
젊은 날의 꿈과
젊은 날의 사랑으로 살아온 날들처럼
아리따운 모습으로 곱살스럽게
오래오래 살면서 안받음 받으소서

언젠가 값진 눈물을 흘려야 한다면
한 줄기는 내 어머니이기 때문에
한 줄기는 내 아버지이기 때문에
여의며 흘려야 할 두 줄기 눈물일 것입니다

사랑 가운데 으뜸인 어버이의 사랑과
하늘의 뜻으로 어버이 만남을
기꺼이 여기며
저 하늘 끝에서 다시 태어나도
내 어버이 사랑의 씨앗으로 태어나
맏잡이가 되렵니다.

〈 순 한글 우리말 〉
내림 : 혈통적으로 유전되어 내려오는 특성
내림내림 : 여러 대를 이어 내려온 내림
거룩하다 : 성스럽고 위대하다 / 먼빛 : 멀리서 언뜻 보이는 정도나 모양
안갚음 : 어버이의 은혜를 갚음
안받음 : 자식에게 베푼 은혜에 대하여 뒷날 그로부터 안갚음 받음
마음눈 : 사물의 참모습을 똑똑히 식별하는 마음 / 곱다시 : 무던히도 곱게
거늑하다 : 넉넉하여 마음이 아주 흐뭇하다
아리따운 : 마음이나 자태가 매우 아름다운
곱살스럽다 : 외모나 성질이 예쁘고 곱다 / 여의다 : 죽어서 이별하다
기꺼이 여기다 : 탐탁하여 맘속으로 기쁘게 그러하다고 생각하다
맞잡이 : 맏아들이나 맏며느리 되는 사람

제목 : 으뜸 사랑
시낭송 : 박영애
스마트폰으로 QR 코드를 스캔하면
시낭송을 감상할 수 있습니다.

꼬마대장

새근새근 꼬물대던 갓난아기는
까르르 자지러지기까지
해맑은 보름달을 품으며
사랑의 손길로 첫돌을 채워간다.

첫걸음 환호에 휘젓는 호기심은
사고 치는 놀란 토끼로 변신해도
즐거운 어미 파수꾼은
잠드는 아기가 어여쁘기만 하다.

졸병이 된 우리는 아부꾼이고
배우처럼 코미디언처럼
예쁜 웃음 짓는 아기는
우리들의 지휘자 꼬마 대장이다.

제목 : 꼬마대장
시낭송 : 최명자
스마트폰으로 QR 코드를 스캔하면
시낭송을 감상할 수 있습니다.

흰머리 소녀

눈이 오는 날에는
그 여인 생각이 난다
흰머리 파뿌리 되어가는
그 사람을 생각한다

이름도 성도 잃어버린 지 오랜
지난날의 추억이
눈 내리듯 펑펑 쏟아진다
아름다움이다
사랑이다

사랑스러운 그 이름
내 가슴에 묻어버린 날부터
누구 엄마라 불리더니
손녀가 할머니라 부른다
흰머리 소녀다
할머니다

눈이 내리는 날에는
하얀 머리가 더 하얀 여인
그는 나의 첫사랑이다
영원한 내 사랑이다.

흔하디흔한 행복

살면서
먹고 입고 보면서
부모 자식 노릇 했으면
행복입니다.
죽을 땐
햇살에 눈 녹듯이
자연으로 돌아가면
행복입니다.

자식은
타고난 재능을 살려
건강하게 키웠으면
행복입니다.
혼기에
결혼시켜주고
손주 손녀 귀염 보면
행복입니다.

자식이 주는
용돈 모아
손주 손녀를 위해 쓰면
행복입니다.
할미 할아버지 되어
손주 손녀 재롱을
자랑하며 기쁘면
행복입니다.

늙어가며
병들지 않고
부부가 챙겨주면서
공감하고 살면
행복입니다.
늙고 늙어 자식에게
짐이 되지 않고
살다 갈 수 있다면
행복입니다.

각시 타령

아내여! 우리 만남이 있었기에
우리의 아이도 만날 수 있었구려!
키우는 사이에 젊음은 갔으되
바르고 예쁘게 큰 아이를 보니
사랑스럽고 흐뭇할 따름이오

숱한 날들을 함께 웃으면서
마음은 좀 아팠을지라도
몸 하나 아프지 않고
큰소리 없이 살아온
마음눈 곱다운 아내여 고맙소

이제 두 녀석 다 보냈으니
우리 둘이 서로 챙겨 주면서
젊은 날의 아리따운 꿈처럼
사랑스러운 모습으로
곱살스럽게 웃으며 삽시다

다시 태어나도 나의 각시 되겠다는
미더운 마음결에 덧정이 드오
짝이 된 그 날을 기꺼이 여기며
내 삶이 다하는 그 날까지
저 하늘 끝까지 함께 가리다.

당신의 얼굴

언제나 햇살 고운 자태로
아침을 짓는 당신의 뒷모습은
빛나는 머리카락 사이로
하루를 맞이하는 행복입니다.

그 자리 지킴이 힘들어서
한 번쯤 투덜거리련만
앞치마 질끈 맨 사랑은
조용한 아침을 연주합니다.

아침마다 주방의 주연으로
변함없는 사랑을 버무리며
쓸고 닦고 빨래한 세월을
파뿌리 되도록 애썼습니다.

아침마다 바라보는 뒷모습
이젠 나의 시와 노래 즐기는
당신의 얼굴 마주 보며
은발을 빗겨 주고 싶습니다.

부부의 날에

오월의 그대여

푸르디푸른 청춘이여
계절의 여왕 오월이여
청개구리 합창 그리움이여

내 마음 두드리는
그대 사랑의 밀어
메아리는 숲에서 웃고

청개구리 소쩍새
울어 예는 파란 밤의
그리움이 살랑이네요

산새들 재잘거리듯
파랑새 날아들 듯
파란 깃 휘날려 오시려나.

오월이 속삭이는
초록산 바라보니
그대의 미소 팔랑입니다.

엄마의 설

엄마는 불멸의 영원한 존재
지워지지 않는 그리움입니다.
이 세상의 모든 엄마의
모습과 삶은 달라도
마음은 닮은 것 같습니다.

설 명절 대목의 겨울이면
혹한기라 쉬고 싶으련만
칼바람에 눈보라 몰아치는
엄동설한일지라도
장사를 하셨지요.

머리에 한가득 이고 나가서
달이 뜰쯤
대문을 들어설 때면
힘들고 배고프고 추시련만
자식들 걱정부터 하셨지요.

설 명절 때가 되면
동태, 꽁치 몇 마리와
동생들 양말이 담긴 봉투엔
큰 자식 옷 한 벌!
설빔을 받던 그 시절이 그립습니다.

설 전날엔 손 두부를 만들어
따뜻한 생두부와 양념간장을
쟁반에 챙겨 주시며
널 위해서 했어!
많이 먹어! 큰소리치셨지요.

그럴 때마다 고맙습니다!
사랑해요!
말 한마디 건네지 못한
그 시절 설 명절을 생각하니
엄마의 목소리가 그립습니다.

천사를 사랑한 천치

한 총각 곁에 한 처녀가 있었지
한 아빠와 한 엄마 곁에는
딸 둘이 방긋방긋 웃고 살아요.

한 사내와 함께 사는 한 여인이
우는지 잘은 모르겠지만
두 딸이 싱글벙글 웃고 산다오.

바보처럼 순수하게 웃는 여인아
그대가 진정 천사 중의 천사요
천사를 사랑하는 나는 천치라오.

천사와 천치는 서로 못난이라며
바보같이 천치같이 살면서
천사와 천치는 맹추처럼 웃어요.

삶의 끈

내 마음에 걸리는 사람 때문에
마음이 아파져 옵니다.
내 어깨에 기대는 사람 때문에
어깨가 무겁습니다.

혼자서 해야 할 일 너무 많아서
손발이 저릴지라도
혼자서 감당할 일 너무 벅차서
가슴이 답답할지라도

가끔은 무거운 가슴 펼쳐놓고
웃어 보기도 하면서
가끔은 힘겨운 어깨 풀어놓고
기대 보기도 하면서

내 마음에 걸리는 사람 위해서
행복의 끈을 잡습니다.
내 어깨에 기대는 사람 위해서
희망의 끈을 잡습니다.

제목 : 삶의 끈
시낭송 : 김지원
스마트폰으로 QR 코드를 스캔하면
시낭송을 감상할 수 있습니다.

들꽃 같은 당신

들꽃처럼 소박한 나만의 당신
나는 들꽃을 맴도는 들풀처럼
당신을 바라볼 수 있어 행복합니다.

아침 이슬 영롱한 꽃 이야기
밤안개 속삭이는 아늑한 사랑아
당신을 사랑할 수 있어 행복합니다.

비가 오나 바람 부나 서로가
서로를 위로하고 감싸주면서
당신과 동행할 수 있어 행복합니다.

내 가슴에 핀 들꽃 같은 당신
한평생 함께 익어가는 사람아
당신이 곁에 있어 진정 행복합니다.

아름다운 인연

수많은 사람과 사람들 사이에서
스쳐 지나는 인생사 오르내리며
때론 밀어주고 때로는 잡아주면서
그네 타듯 환호하는 인생을 살아요

스치는 만남을 무심코 지나지도
미워하지도 성내지도 마세요.
향기로운 인생의 정을 나누며
서로서로 소중한 마음으로 살아요.

인생의 계절에 순리로 피어나는
너와 나의 가슴에 핀 사랑의 꽃
아름다운 인생길 동행하면서
향기로운 인생을 꽃피우며 살아요.

따뜻한 당신

내 임은 비 내리는데
어떤 생각 하실까?
당신이 보고 싶을 땐
눈을 감고 당신 모습 그려봐요
비가 많이 와요

당신이 많이 보고 싶어서
비 오는 창가에서 당신을 그려봐요
같이 있으면 좋을 텐데
나를 향한 당신 가슴이
언제나 따뜻해서 당신이 좋아요.

내 임은 눈 내리는데
무얼 하고 계실까?
당신이 그리워질 땐
눈을 감고 우리 사랑 생각해요
눈이 많이 와요

당신이 많이 보고 싶어서
눈 오는 하늘 보며 당신을 생각해요
같이 있으면 좋을 텐데
나를 향한 당신 가슴이
언제나 따뜻해서 당신이 좋아요.

아욱국 추억

아카시아 향기 바람 좋은 날
행여나 어머니 손맛 잊을까 봐
아욱국 향기가 내 마음 사로잡는다.

아욱국 된장 향기 아련한 마음
뚝배기에 담긴 그리움 노 저어
어머니 손길 헤치며 눈시울 젖는다.

나 홀로 흘리던 감회의 눈물이
입가에 짜릿한 입맞춤 하며
그리움 흘러내리던 날이 생각난다.

아욱국 끓이던 어머니 사랑
묵은 된장 맛 모정의 세월은
추억이 되어 내 가슴에 남아있다.

어버이 향한 독백

기쁘셨나요. 어버이 시여
행복했나요. 어버이 시여
새싹이 꽃피고 열매 맺도록
한평생 마음 쓰며 바라보셨습니다.

오! 나의 어머니
오! 나의 아버지
당신이 주신 고귀한 선물
이 가슴 뛰는 소리 들리오니까

당신의 세월은 달아나고
당신의 여생은 촌음인데
지난날 주신 어버이 사랑과
그 은혜 어떻게 다 갚으오리까

사랑한 자식의 손을 잡고
불효한 자식의 손을 잡고
물끄러미 바라보시는
그 깊은 눈길을 헤아려 봅니다.

아버지의 어깨

아버지의 후덕한 손길
아버지의 두툼한 가슴에
기댈 수 있어 포근했던 이 마음
아버지 마음 품어 안고 내립합니다.

올라타던 아버지의 배
올라타던 아버지의 목말 못 잊어
그 사랑의 추억 즐기며
이 몸도 사랑의 목말을 태워봅니다.

어릴 땐 어리광 부리며
안기고 끌어안고 정겹던 생각
크면서 정답게 다가가지 못한
그리움을 담아 아버지께 보냅니다.

아버지의 허전한 가슴은
아낌없이 내준 사랑이요
아버지의 늘어진 어깨는
아낌없이 빼준 희생인걸. 이젠 압니다.

치솔 통 한 가족

우리 둘이 하나 되어
하나둘 서넛이 한통속
빨, 노, 파, 녹 단란해라.
어미 아비 새끼들이 모여서
오손도손 함께 살아온 한통속 한 가족.

나들이 떠날 때마다
하나둘 서넛이 한 묶음
빨, 노, 파, 녹 즐거워라.
출가외인 따라나선 동반자
주인 따라 울며 떠나니 허전한 한 가족.

홀로 가며 우더니
둘이서 손잡고 웃고 와
무지갯빛 꿈꾸며 행복해라
언제라도 찾아와 부여잡고
한솥밥을 먹고 살아갈 한통속 한 가족.

동행

언제일까? 둘이 함께 걸어온 길
우리는 좁고도 긴 이 길을 함께하며
험한 길 평탄한 길 탓하지 아니하고

서로를 위로하고 서로를 감싸주며
길고도 짧은 세월 함께하니 행복하오!
이것이 사랑이라 이것이 인생이라.

햇살 같은 미소로 하루를 맞이하며
얘기를 하지 않아도 마음이 통하는
천사 같은 당신이 있어 행복한 일상

그대와 가꾸어 가는 사랑의 꽃밭에서
당신이라는 사랑의 꽃 정성으로 가꾸며
오래오래 함께, 동행하며 살아가요.

김선목, 신선자(부부 시) / 가곡 작시

2부 향기로운 인생

꽃을 피워 향기 가득 휘날리고
꽃향기 가득한 꽃잎이 뿌려지듯이

인생은 꽃처럼 아름다워라
인생은 꽃처럼 향기로워라

人生이란

아침이슬 머금은 영롱한 햇살이
서산 봉우리 그리다 지우고
또 그리다 지우는 달빛 그림자이다.

가온 누리

우리나라 꽃을 멋지게 노래하는
그대는 누구 그 누구시기에
산다라한 모습 대나무 같으신가?

가온길 가리라던 젊은 꿈이
세차게 솟구치던 그 옛날
나랏일이 바람 앞에 촛불 같을 때

이 나라 살린 목숨 바친 눈물
나라 사랑한 자랑스러운 얼굴들
나린 한 별 온 누리에 빛나누나!

오늘도 대쪽처럼 꼿꼿한 초아는
드렁칡처럼 얽힌 부라퀴에게
대쪽 들고 가온 누리 꾸짖는다.

가온누리 : 모든 일이 세상의 중심이 되어라 / 산다라 : 굳세고 꿋꿋하다
가온길 : 정직하고 바른 가운데 길 / 온 누리 : 온 세상 / 나린 : 하늘이 내린
한 별 : 크고 밝은 별 / 초아 : 초처럼 자신을 태워 세상을 비추는 사람
드렁칡 : 산기슭 언덕에 얽혀있는 칡넝쿨
부라퀴 : 자기 이익을 위해서는 물불 가리지 않고 덤비는 사람

《 광복 70주년을 맞아 독립의사 열사와 애국선열의 얼을 새기며 》

제목 : 가온 누리
시낭송 : 김락호
스마트폰으로 QR 코드를 스캔하면
시낭송을 감상할 수 있습니다.

괜찮아

누구나 한두 번쯤
미안한 일 없으오리까
누구나 미안할 때가
한두 번뿐이오리까

그럴 수 있다고 위로해요
인간이니까
그럴 때 있다고 이해해요
인생이니까

지나버린 미안한 일들을
잊어버려요
지나버린 서운한 그때를
잊어버려요

하지만 아직도 미안하다면
하지만 아직도 서운하다면
미안해! 사과해요
괜찮아! 용서해요.

촛불의 고독

외로운 영혼이 시름에 싸인 밤
어둠을 밝혀주는 불꽃이
고뇌의 껍질 벗기며
속상한 눈물로 애를 태운다.

그리움이 탄다!
고독을 태운다!

뒤뜰 창가에 하늘거리는
가엾은 그림자의 밤은 깊어 가고
검게 타버린 심지엔
갈망한 흔적만 졸고 있다.

꿈의 세계

큰 바위 얼굴도 아닌 것이
둥글납작한 점박이 얼굴을
나보란 듯이 뽐내며
시 시 때때를 가리킨다.

둥근 세상 둥근 대로
모난 세상 모난 대로
마음의 중심이 흔들리지 않고
세상사를 헤쳐 가는 너.

촌각의 오차도 없고
한 치의 오류 없이
오르락내리락 돌고 돌면서
세월을 엮어가는 너.

너의 얼굴 보아야만
시작하고 마치는 일상을 그린
무형의 동그라미는
장밋빛 꿈의 세계다.

제목 : 꿈의 세계
시낭송 : 박영애
스마트폰으로 QR 코드를 스캔하면
시낭송을 감상할 수 있습니다.

바라보는 내 모습

거울에 비친 내 얼굴 바라보며
속을 듯 바뀐 닮은꼴에서
자유로운 영혼의
본성을 찾기까지 기나긴 세월이 흘렀다

타인이 바라보는 나의 모습은
부드러운 카리스마가 있다, 꼼꼼하다
어리석고 우유부단하다느니
보는 이의 눈과 마음에 따라
내가 아닌 또 다른 나의 허상을 만들지라도
천성은 나일 수밖에 없다

욕심을 버리고 자존심도 버리고
마음이 떳떳한 얼굴로
순리를 따르며 살아온 나는
거울 속의 말 없는 네가 진실해서 좋다.

가난

반세기가 지나버린 그 시절 그때엔
가난이란 굴레에 속박되어
철없이 남의 눈치를 보며
떳떳지 못했던가 후회스럽다.

궁핍한 살림의 어머니 마음은 모른 체
낡은 교복을 투정하다가
우리 땐 찢어진 교복을 꿰매 입었다는
아버지 말씀에 말문을 닫았다.

이제 와 생각하니 복에 겨웠어!
보릿고개 넘기는 어머니의 부엌은
잘 먹이고, 잘 입히고 싶은
가슴 시린 연기로 가득 찼었다.

도시락 속에는 어머니의 하얀 눈물이
방울방울 떨어져
알알이 박혀 있었건만
어머니의 마음을 그때는 몰랐었다.

그때 낡은 교복을 감사했다면
그때 그 도시락을 고마워했다면
그때 어머니께 사랑한다고 말했다면
이렇게 가슴 시리지 않을 것이다.

희망의 노래

정유년 새해에
수탉이 활개를 치며 울어 댄다
먼동이 밝아오는
수탉의 울음소리는
거침없는 새벽이다

멀리서 가까이서
들려오는 전령은 '꼭'이오
하루도 거르지 않는
사명의 소리가
새벽의 허공을 채운다

닭장 안의 새벽이
닭장 밖 인간 세상을 개벽한다
알에서 깨어나라
잠에서 깨어나라
간절한 희망을 노래한다.

빛과 그림자

자신을 드러내고자 하면
크고 작은 그림자는
허물만 드러날 뿐이로다

자신을 추켜세우려 하면
진하고 흐린 그림자는
허울만 드러날 뿐이로다

모든 사람의 언행에는
그 얼굴과
그 이름이
그림자처럼 따르노니

그림자 일으켜 세우려고
잡으려 애쓴들
쫓아가면 도망가외다

정도의 길을 가면 따르는
그림자는
빛으로 만들어지는 거외다.

허허허

갈바람에 사색의 계절은 나부끼고
텅 빈 들녘처럼 공허한 가슴은
무엇을 비우고 무엇을 쌓았으며
지금은 또 무엇을 찾아 헤매는가

바람은 슬며시 다가와 옷깃을 잡고
갈대 같은 내 마음을 살랑 흔드니
가슴 한편이 허전하고 쓸쓸하다
가을이 손짓하며 떠난 텅 빈 들녘을
바라보는 눈가에 뿌연 아쉬움만 맺힌다

봄, 여름, 가을, 겨울을
함께 울고 웃으며 보낸 세월에
사랑했던 사람이 뒷걸음치며 떠난 뒤
그리움만 낙엽처럼 마음에 내려앉는다
산새와 시냇물의 노랫소리가
하늘에 빼곡히 박힌 별처럼 그리운 밤

가을이 떠난 허허벌판에
올곧게 새를 쫓던 허수아비도
외로움에 새와 친구가 된 허수아비도
아담과 이브의 옷차림으로 서 있으니
그가 바로 나였으면 얼마나 좋을까
그러나 들녘 어디에도 내 모습은 없다
허 허 허.

무변광야(無邊曠野)

광활한 대지와 아름다운 세상을 바라봅니다.
나만을 생각하면 우물 안이요
다른 사람을 생각하면
큰 세상이 보일 것입니다.

나만의 세계는 이미 정해진 길을 가는 것이 아닐까?
그런데도 알 수 없는 길을 가면서
내 안의 길과 함께 가는 길 한복판을 서성이며
함께 가면 알게 될
희로애락의 의미를 찾습니다!
함께하는 기쁨과 수고로움!
함께하는 슬픔과 즐거움!

믿음으로 함께 가는 사람들이 감사할 때
이들이 진정한 친구요
벗이라 할 수 있지 않겠는가?
난 좋다! 허물없는 당신이 좋습니다

좋은 걸 어떡하란 말인가?
좋게 보는 세상이 넓고
좋아하는 사람이 크게 보이는 걸 어떡하라고
좋아하는 당신과
당신을 닮은 또 다른 당신과
이 넓고 큰 세상을 어우러져 가는 길에
정다운 사람들 만나니 참 좋은 세상이 보입니다.

먼동이 틀 때

내 맘에 둥지 튼 별 하나와
때를 알리는 알람 닭이
꿈길의 사랑 깨우는
꼭두새벽입니다

창문에 비치는 부지런한 전등불
가끔 한 번쯤 그 빛에 앞서
희망의 빛 밝혀
부산을 떨어 봅니다

한두 시간 서둘러 잠 깬 날은
엿가락 늘어지듯 늘어진
내 하루의 삶이
길어져 여유롭습니다

아직도 질러대는 꼬끼오 메들리가
정겹게 들리는 것은
내 오늘의 삶이
즐거울 그대 때입니다

콧노래 부르는 이 아침!

닭 시계 소리에 솟아나는 희망이

어둑새벽을

훤하게 밝혀줍니다.

한 점이 되어

세상의 한 점이 되렵니다.
해가 보는 한 점의 나
달이 보는 한 점의 나
이 세상의 나는 작은 한 점입니다.

한 원을 그리고 싶습니다!
해를 보고 둥글다 하고
달을 보고 둥글다 하며
순수한 생각을 꿈꾸는 인생입니다.

둥글게, 둥글게 살렵니다.
해와 함께 일하고
달과 함께 쉬면서
감사하는 마음으로 살고 싶습니다!

해와 달을 볼 수 있는 날까지
원을 그리는 시작점이든
원을 그리는 끝점이든
인생을 완성하는 한 점이 되렵니다.

마음(心)

두 눈으로 보고
두 귀로 들어
한 입으로 말하는 근본이여!
해를 바라보듯
얼굴에 빛나라.

발 없는 말은
튀어 달리고
발 달린 말은 뛰어 달리니
튀고 뛰는 말은
천 리를 달리누나.

옳으니 그르니
선하니 악하니
판단하여 행동하는 근원이여!
해가 내려 보듯
얼굴에 비쳐다오.

지평선은 말이 없다

내 마음에 빛나는 황야는
고개를 숙이고
산야가 살아 숨 쉬는
자연의 소리 메아리 들려 온다.

저 멀리 푸른 하늘 아래서
좌청룡 우백호가
역동하는 모습
새들이 날고 나무가 춤을 춘다.

그믐밤 달님은 그 어디에…….
이 밤의 황제인 양 버티고 선
이산 저산은 말이 없고
숨어 우는 부엉이 소리만 들린다.

저 산이 손 내밀어 잡은 이 밤
상봉하는 하늘과 땅의 희비인가
산이 검어 하늘이 빛나는 밤에
검푸른 지평선은 말이 없다.

어느 질책

무궁화 꽃을 노래하는
당신은 누구 그 누구시기에
기풍 당당한 대나무 같으신가?

욕심을 버리자던 젊은 날
어느 날 갑자기 과욕 때문에
과유불급 자업자득 애처롭구나!

대나무는 하늘로 치솟고
칡넝쿨은 땅으로 뻗으며
곁가지 곁뿌리 내림 모르겠는가?

칡넝쿨에 휜 대나무 베며
휘감긴 칡넝쿨 잘라내려니
너희가 뭇 인생을 질책하누나!

인생이 남기는 것은?

제가끔 피어난 꽃들이
다복다복 어우러져서
뽐내다가 낙화하는 것은
밀알의 씨 남기려는 때문인걸.

숲속에 홀로 핀들 뉘가 뭐랄까
어울려 필 때 빛이 나린데
한세상 어울려 살면서
이름 하나 남겨보시구려

이름 없이 태어난 그 날
조막손 불끈 쥔 바람은
마음이 편안한 삶 누리다가
떳떳한 이름 남길 꿈일 거예요.

은인

인생이란 길을 걷다가
문득 생각이 나서 뒤돌아보니
가슴을 두드리는 받음이란 생각을 합니다.

가던 길 잠시 멈춰서
내 마음 깊은 인연을 회상하며
인생사 한순간 순간의 존음을 엮어봅니다.

밀물 썰물 같은 인생길에서
소용돌이칠 때 잡아준 손길
누군가의 덕분이며 그는 내 은인입니다.

사랑이신 부모님이시여!
감사하신 스승님이시여!
고마우신 임들은 영원한 내 사랑입니다.

푸르게 살자

아침이슬 촉촉한
아롱지는 영롱한 광채
이슬방울 맺힌 풀잎을 바라본다.

머금지 못할 흘림인가
머물지 못할 흐름인가
주르륵 흘러 방울방울 떨군다.

이슬아 머물러 살자
흘림도 흐름도 넘침인걸
풀잎아 이슬 먹고 푸르게 살자.

쥐락펴락하는 너

누가 너를 싫어한다 말하더냐?
만져 보기 싫어라
함께 살기 싫어라
이런 사람 없는데 너는 누구냐

많고 많은 사람이 널 품으려
찾느라 안달인가.
좋아서 안달인가
임 먼 곳엔 고달픔. 뿐이런가

너는 어디서 와 어디로 가느냐?
왔으면 베풀고 가려나
갈 테면 다 주고 가려나
너 때문에 울고 지고 살고지고

흘러온 너 먹구름인들 어쩌리?
뭉게구름인들 어쩌리.
유유히 흘렀으면 됐지
유유히 흘러가면 됐지 나그넨걸.

불타는 애태움

커피 향기 가득한 만남
담배 연기에
청춘을 태우던 시절 옛날이다.

커피 한잔에 사랑 담고
음악이 흐르던 다방
애정이 넘치던 찻집 볼 수 없다.

새빨간 담배 간판들
늘어만 가는 담뱃가게
그 옆 식당은 금연구역이란다.

학교 근처 금연구역
학교 근처 담뱃가게
달걀은 달걀이나 썩은 달걀이다.

피우는 자 규제하고
담배제조자 판매자
규제 없는, 또한 썩은 달걀이다.

허가된 마약 중독자
갈 곳 잃은 애연가
헤매는 국민의 설 자리가 없다.

금연으로 건강 지키고
보약 먹고 보험 드는
이것이 일거양득이 아닌가 싶다.

향기로운 인생

꽃처럼 아름다운 인생이여
꽃처럼 향기로운 인생이여

새싹은 향기로운 꽃을 피우기 위해
잎이 되고 넝쿨 되어 어우러질 때

꽃을 피워 향기 가득 휘날리고
꽃향기 가득한 꽃잎이 뿌려지듯이

인생은 꽃처럼 아름다워라
인생은 꽃처럼 향기로워라

꽃처럼 아름다운 인생이여
꽃처럼 향기로운 인생이여

아이는 인생이란 꽃을 피우기 위해
자라나서 세상사에 어우러질 때

사랑의 꽃향기 가득 휘날리고
삶의 향기 가득한 꽃잎이 뿌려지듯이

인생은 꽃처럼 아름다워라
인생은 꽃처럼 향기로워라.

3부 사랑의 노래

별이 빛나는 아름다운 밤하늘에

달그림자 흘러가듯

창문 너머 들려오는 구애의 속삭임은

푸른 오월의 교향곡이다.

꽃길

웃음 지며 속살 드러낸 꽃 가슴에
눈먼 나그네는
꽃술 향기에 취해
사랑을 뿌리고 씨를 뿌리누나

이런 사람이 좋다

밤하늘 허공 속에서 마주치는
눈빛과 달빛의 만남이
말없이 허물없이 빛나듯
이심전심 눈빛으로 통하는
그런 사람이면 좋겠다.

보고픈 마음에 살며시 고개 들면
살포시 떠오르는 얼굴
웃음 지며 반겨주는
그런 사람이면 좋겠다.

그리운 마음에 넌지시 바라보는
달을 품어준 호수의 포옹
그 깊고 넓은 감동이 흐르는
그런 사람이면 좋겠다.

달 기우는 그믐날에도
달 차오르는 보름날에도
마냥 웃는 정겨운 얼굴로
맑은 가슴 내어 주는 호수 같은
그런 사람이면 좋겠다.

제목 : 이런 사람이 좋다
시낭송 : 임숙희
스마트폰으로 QR 코드를 스캔하면
시낭송을 감상할 수 있습니다.

찻잔에 어린 사랑

남이섬 돌아 청평호수에서
해를 품어 흘러 흘러온 북한강이여!
청풍명월을 담은 충주호에서
달을 품고 돌아 돌아온 남한강이여!

두 물길이 어우러진 팔당 물결에
하늘의 빛과 다산의 얼이 빛나니
목민심서의 침묵이 흐르는
한강수는 민족의 정기여라!

푸른 하늘의 흰 구름도 먹구름도
푸른 물에 잠겨 유유자적하는
다산의 얼이 담긴 팔당의 수평선은
민족을 사랑한 임의 마음이라!

다산 정약용 문화관을 다녀와서

사랑의 밀어

별이 빛나는 아름다운 밤하늘에
달그림자 흘러가듯
창문 너머 들려오는 구애의 속삭임은
푸른 오월의 교향곡이다.

물안개 자욱한 무대에서
테너와 바리톤의 화음이 어우러진
절절한 사랑의 노래는
수개구리가 짝을 찾는 기쁨이란다.

그리움이 쏟아지는 별빛 아래서
아름다운 사랑의 향기에 취해
개굴개굴 사랑의 밀어를 나누며
황홀한 밤을 하얗게 불사른다.

짝을 이룬 밤은 깊어 가고
밀어의 속삭임으로 사랑도 깊어 가는
개구리들의 달콤한 사랑은
으슥한 논두렁에서 새벽을 맞는다.

바닷가 연정

수평선 저 멀리 아롱거리는
햇살 곱다랗게 떠오르는 얼굴
그리운 손짓 너울너울 춤추고

파란 가슴을 하얗게 가르며
밀려오는 사랑의 파노라마
갈매기도 끼룩끼룩 즐거워라

그대 바라보는 작은 가슴에
출렁이는 연정 잊을 수 없어
그리움 쌓이고 모래성 쌓으면

그리움 부서지는 파도 소리에
바닷가 연정 이루어지기를
갈매기도 내 맘인 듯 맴도누나.

낙엽의 꿈

깊어가는 가을밤에
낙엽이 이렇게 바삭거린다
몸도 마음도 비우고
이젠 떠나야 해

꽃바람에 움튼 푸른 잎
한여름 땡볕의
그늘막엔 맴맴
웬 성화였나!

꽃향기 날리는 봄날부터
마지막 잎이 질 때까지
그토록 사랑한
너를 못 잊어…

노을빛 붉은 바닷가
산모퉁이 찻집의 고독은
갈바람에 날 리우고
낙엽은 꽃바람을 그리워하며
길을 떠난다.

가을 그네

푸름에 찰싹 달라붙어
나뭇잎 사이로 신음하던
매미의 여름 사냥은 인제 그만
청춘의 덫에 걸린 듯
애끓는 몸짓으로 울다가 간다.

매미의 일생을 따라서
무더운 계절이 떠나가는 꼬리를 잡고
시원섭섭한 이 밤
선선한 바람결에
귀뚜라미는 애걸복걸 성화다.

간사한 마음은 어느새 춥다며
이불을 끌어안고
빈 보일러 돌아가는 소리에 뒤척이면
옆구리는 시린데
무심한 달빛은 곱기도 하다.

정다이 창문을 넘어오는
지난가을의 노래가 또다시 찾아와
밤마다 귀를 간질이듯이
아, 오시려나
지난날 그리움이 아른거린다.

꿈길

오늘 그리고 내일도
밤이면 밤마다
한결같이 반겨줄
따뜻한 임을 그립니다

하루의 피로를 풀어주는
한 채의 찰떡궁합은
세상사에 얽긴
온몸을 녹여주고

오늘도 이 밤을 함께 할
따사로운 품속에서
베갯잇 젖는 책갈피의
사랑을 읽노라면

따뜻한 꽃잎을 깔고
포근한 낙엽을 덮은
고요한 꿈결엔
첫눈이 펄펄 날립니다.

그 빛이 사랑이었음을

어쩌다 마주친 찬란한 광채
눈이 멀도록
아! 눈이 부셔라

눈이 부신 햇살을
볼 수가 없어 눈을 감으니
많은 것이 보이누나

바라볼수록 보이지 않는
빛 속의 그대여
이 가슴을 열어 보시구려

날이 가면 갈수록
뜨겁고 추웠던
그 빛이 사랑이었음을 알아

그 빛 속에 숨어 우는 눈물이
흐르고 흐른 뒤에
사랑은 빛이 나누나.

너라서 좋다

나는 너만을 사랑하련다
첫사랑도 아닌 풍각쟁이의 늦바람처럼
너에게 미쳐 환장하는
이 마음 어이 할꼬
이 생명 다하도록 너를 사랑하노라고
백지에 서약한다.

아리따운 너의 맘 깊은 곳에
곱살스러운 내 맘의 흔적을 남기며
내 사랑의 애무가 끝날 때까지
너와 함께 온밤을 지새우련다.

너를 자유롭게 만나는 날이 기쁘다
너를 애무하는 영혼이 즐겁다
때로는 고독한 투쟁으로
검붉은 혈흔이 낭자한
백지를 찢는 아픔에 두 손을 들지만
골백번 싸워도 좋다

내 사랑이 詩 너라서 좋다
너는 부끄러운 나의 속옷을 벗기지만
난 너의 나신에 색동옷을 입히련다
너를 사랑해서 행복하다.

가을비 사랑

내 마음 울리는 가을비!
벼 이삭이 젖는다
내 마음이 젖는다
이 비에 순응할 뿐
그 무엇을 탓하리오

가을비 맞으며 알 것 같은
우산 속 이슬의 참뜻
사랑 그것은 고마움
사랑 그것은 그리움
사랑 그것은 행복입니다

그 누군가 행복을 꿈꾸며
따사로운 눈길로
미더운 마음결로
이 마음 적셔 준다면
어찌 행복하지 않으오리까

서로서로 사랑하는 마음을
가슴에 품어
온기를 느끼는 날에는
가을비 우산 속 환희를
맛보며 사랑하렵니다.

따뜻한 그리움

내 임은 비 내리는데
무얼 하고 계실까?

비가 내리는 날엔
그리운 임 달려올 것만 같아
비 오는 창가에 기대어
당신을 생각합니다

흩뿌리는 빗방울 세면서
따뜻한 당신을 기다립니다.

내 임은 눈 내리는데
언제나 오실까?

눈이 내리는 날엔
보고픈 임 날아올 것만 같아
눈 오는 창가에 기대어
당신을 그려 봅니다

흩날리는 눈송이 세면서
따뜻한 당신을 기다립니다.

사랑은 행복을 낳습니다

하늘 깊은 곳에 날이면 날마다
찾아와 반겨주는 별빛과
뜨고 지는 해와 달 같은 사랑이
나의 마음을 에워쌉니다.

얄궂은 비가 오면 해가 숨고
해가 뜨면 달이 숨어 주는 듯이
밤낮없이 이 가슴에서 사랑은
숨바꼭질하기도 합니다.

해와 달을 품어 찾아든 사람
별빛 같은 정인과 함께하는 삶
행복이 무엇인지 알게 한 삶에서
사랑은 행복을 낳습니다.

숱한 나날은 아들딸을 향하고
내 행복보다 더 행복하기를 바라는
어버이의 내리사랑은
진정 행복한 사랑입니다.

목련화

사랑스러운 꽃이여!
미움 한 잎 없는
사랑하는 목련화야

사랑스러운 꽃이여!
미움 한 점 없는
사랑하는 목련화야

봄 앓이

봄몰이 하던 얄미운 너!
꽃샘 시샘이여 이젠 안녕
이별의 봄비 오는 날
봄색을 시냇가에 흘려보낸다.

첫 싹 솟구쳐 흐르는 냇가에
물오르는 버들가지 꽃눈이여
봄기운 따뜻한 내 눈에 오라
봄빛 물결을 출렁여 주리다.

봄 앓이 하는 목련화야!
눈을 떠 세상을 보라
촛불 밝혀 내게로 오라
봄빛 어린 내 사랑을 주련다.

봄은 어디서 오는가

봄, 봄, 봄이 와요
남쪽 나라 저 멀리
초록빛 바다에서
순풍에 봄을 달고 온대요.

호, 호, 꽃이 피는
이산 저산에서
앞뜰 뒤뜰에서
꽃향기 휘날려 오네요!

하, 하, 목련이 필 때면
살랑대는 아가씨
치맛자락 끝에서
살짝 쿵 수줍게 웃네요!

봄, 봄, 봄이 와요
나물 캐는 바구니에
우물가 아낙네 구설에
낄낄 깔깔거리며 온대요.

진달래 연정

봄바람 꽃바람 바람 좋은 날
이산 저산 품을 듯이
붉은 연정이 아우성이다

나신의 절색 아리따움에 반한
열 수컷이 사모하는
연분홍 치마폭이 뜨겁다.

그리움이 물든 꽃잎 타오르는
진홍빛 열정은
메마른 가슴을 터트린다.

하늘에 감사하며

태어난 연월일이 하늘의 뜻
이 세상 사는 것이
하늘의 뜻

땅에서 바다에서 하늘에서
애쓰고 수고하여
얻어 살고

땅의 것 바다의 것 하늘의 것
구하고 차지하여
받아 살고

이 땅에서 한 백 년쯤 살다가
하늘에 감사하며
돌아갈 인생

인생은 하늘 아래 행복이요
인생은 하늘나라
축복이라.

당연한 사랑

아침 햇볕은 따뜻한 사랑입니다
아침이면 밥 먹어라
밥상 차려 부르는 어머니처럼
태양은 언제나 고맙게 떠오릅니다.

비 내리는 날엔 울기도 하지요
자식을 기르다가 속상할 때
가슴 쓸어내리는 모정인 양
가끔은 숨어 눈물짓기도 합니다.

언제 우리가 감사해 보았나요?
비가 오면 그대를 외면하고
춥고 덥다. 설레발만 쳤으니
활짝 웃는 그대를 우러러봅니다.

찬란하게 빛나는 소중한 태양은
나그네 세상을 떠돌지라도
그대 없이는 살 수가 없어요!
당연한 유랑자 그대를 사랑합니다.

첫사랑

잊지 못할 그가 온다!
나 홀로 흘린 눈물
잊지 못해 눈을 맞는다.

말이 없던 그가 온다!
이 마음에 살포시
소리 없이 눈이 내린다.

기약 없던 그가 온다!
이 가슴의 흔적에
하염없이 눈이 쌓인다.

보고 싶은 그가 온다!
내 사랑 첫사랑
하얀 천사를 바라본다.

가을 나그네

파란 계절에 꽃피우던 청춘이
붉게 물드는 황톳길에
귀밑머리 빛나는 은발 나그네여!

사랑이 여물고 삶이 여물도록
청춘인 양 달려온 인생은
이마에 땀방울 주름 턱을 넘는다.

한평생 연륜을 가꾼 황토밭
인생이 쌓여가는 이랑에는
곱고 선명한 나이테가 쌓여간다.

갈바람에 날리는 삶의 향기는
바람 따라 낙엽 따라 흐르고
가을 나그네는 은발을 휘날린다.

내 안의 너

고집불통 묵묵부답 벽창호는
좋으나 싫으나 마주 앉아
햇살 아침을 빗발치듯 휘둘린다

민낯의 노처녀 짜증 한가득
꽁알거리고
꼬마 아기씨 쫑알쫑알 보챈다.

더 예쁘지도 밉지도 않으련만
화장발 탓하며 요리조리
째려보고 흘겨보다 웃고 간다.

문대고 처바르고 찍어 바르며
투덜대는 지루한 탄식
빗질 스치는 아저씨 멋쟁이다.

꽃의 향연

봄바람에 흰 구름 두둥실
햇살 반겨 즐기는 꽃님들
하늘 향해 나래 펴고
방긋방긋 웃는다.

꽃, 바람에 살랑대는 꽃잎
향기로운 꽃 내음 흩날리며
예쁜 미소로 애교떨며
얼씬거린다.

출렁이는 환성 꽃의 향연
굽이 따라 꽃향기 흐르고
꽃향기 취해 꽃을 보니
허! 내 사랑이로다.

4부 고향의 향수

어버이 사랑이 배인 시골집

텅 빈 빨랫줄에 널린 피붙이 생각은

처마 도리 제비집에 옴살거리고

와스스 쏟아지는 가랑잎 같은

어머니 그리움이 우물가를 에돈다.

행복

사랑하는 사람과 소주잔 나누듯이
주거니 받거니 소통하는 행위의
흔하디흔한 서로의 만족이다.

아련한 그리움

흰 눈이 내려 쌓인 산길에
길 잃은 발자국 하나가
하얀 꿈을 남기고
언덕배기 양지쪽으로 사라졌다.

양지바른 언덕 아래로
시냇물이 잠 깨어 졸졸 흐르고
툭툭 깨지는 언 가슴 사이로
봄의 소리가 들려온다.

눈꽃 그리워 찾아온 봄은
흥겹게 버들피리 불면서
시냇가 굽이도는 들길을 따라
붉은 꽃망울을 활짝 터트린다.

겨울은 봄 속으로
솜사탕처럼 사르르 녹고
하얀 꿈의 발자국은
푸른 꿈 찾아 모래톱을 걸어갔다.

옛날이여

눈보라 울음소리에 언 가슴을 열어주고
봄, 여름, 가을을 흐르고 흘러도
마르지 않는 내 맘의 옹달샘
벌거숭이 녀석들을 기다리는 샘터에
개구쟁이 그리움을 물수제비 뜬다.

풀잎 이슬에 발길 젖으며 어깨를 맞대고
가던 길 뒤돌아 마주 보던 벗들이
꿈길 따라, 삶의 길 찾아
옹달샘을 떠나던 그때는
외로움도, 그리움도 만남에 묻어야 했다.

어버이 사랑이 배인 시골집
텅 빈 빨랫줄에 널린 피붙이 생각은
처마 도리 제비집에 옴살거리고
와스스 쏟아지는 가랑잎 같은
어머니 그리움이 우물가를 에돈다.

벗이여! 푸나무서리 옛길은

기다림에 지친 거미줄에 걸려 외따로고

어버이의 그지없는 덧정은

솔 내 가득한 집터서리 대추나무에

가없는 사랑으로 걸려있다.

제목 : 옛날이여
시낭송 : 최명자
스마트폰으로 QR 코드를 스캔하면
시낭송을 감상할 수 있습니다.

고향 생각

화성이라 내 고향
산딸기 따며 놀던 두메산골
대문을 열고 살고
마음을 열고 살던
서당마을 내 고향 그리워라

장승이 서 있던 장승배기에서
바라보는 절터와
고갯마루 서낭당의 돌탑은
터만 남아 전설이 되고
글 읽는 소리 구성지던 서당마을
옛 모습 생각이 난다

산천이 대여섯 번을
바뀌고 바뀐 지금도
꾀꼬리 한 쌍의 노랫소리는
옛 생각을 즐겁게 하고
숨어 우는 뻐꾸기 소리는
보이지 않는 친구가
그리운 내 마음이어라

시냇가에 얼음이 풀려 흐르고
하얀 눈이 시냇물 따라 길 떠나는
이른 봄날에
다정하게 손잡아 주던
친구가 보고 싶다

옛사랑 돌담길 초가지붕은
어딜 갔나
그리운 친구여!
진달래 피고 꾀꼬리 노래하는
고향이 그립지 아니한가.

회상

서울이란 미지의 땅으로
어린 나이에 부모·형제를 떠나
큰집에 끼어 살면서
30촉 등불 밑에서 꿈을 찾던 시절
아, 생각이 난다.

비탈진 골목길의 겨울은
연탄재가 깔려있고
불뚝 솟은 얼음 덩어리에
엉덩방아 찧고 쩔쩔매던 그때
아, 생각이 난다.

추운 겨울이 되면 창문을 꼭 닫고
구들장 밑에는 연탄가스를 피워놓고
밤새도록 투쟁하다가
비틀거리며 쓰러지던 그 아침
아, 생각이 난다.

여름과 겨울은 고향으로 달려가는
노량진 기차역의 약속 시간표
서울은 타향이라서
엄마 품이 그립던 그 시절
아, 생각이 난다.

글 벗

언제 우리가 벗이 될 줄 알았던가
지난 세월 다시 올이 없고
그 누가 앞일을 알리오 임이시여

함께 들길 걸으며 눈으로 쓰고
함께 인생길 넘나들며 감동을 쓰는
문학의 길 동행하는 임들이시여

이름 모를 꽃을 벌 나비가 반기듯
산길의 청솔과 바위처럼 순박한
믿음 주고 반기는 벗이 되렵니다

우리의 만남이 우연이 아닌
문학을 함께하는 인연으로
글 벗 된 임들이 있어 행복합니다.

구월이 오는 소리

고개 숙인 벼 이삭이
오랜 감금에서 탈출하며
몽땅 내주는 소리가 좋다

떨어진 밤톨 줍는 아이들의
주머니 넘치는 소리!
비닐봉지 찾는 소리가 좋다

얼씨구나! 좋다. 좋아
방앗간 돌아가는 소리에
떡시루 찌는 소리가 좋다

산들산들 갈바람에
흥얼거리는 풍요!
구월의 노랫소리가 좋다.

여름밤의 소리

아름다운 밤!
여름밤을 찌르르 거리는 소리
비가 올 때면 애타는 소리
밤이슬 촉촉한 허공을 가르며
정답게 들려오네요.

시원한 바람아 불어라
빙빙 돌아 어지러울지라도
냉기 뿜는 열기의 소리
힘겨워 짜그락거릴지라도
편안한 밤을 기뻐합니다

시 쓰는 마음을 팔팔 끓여
부글부글 뜨거워진 가슴에
그대의 향기 쏟아 휘저은
커피 한 잔에 사랑을 마시는
늦은 밤마저 즐겁습니다

가슴을 적시는 찻잔에
모락모락 밤은 깊어가고
고요히 잠드는 소리
사랑을 속삭이는
여름밤의 소리에
귀뚜라미 말을 걸어오네요.

허 허

가을바람 불어와
옷깃을 잡고
이 마음 흔드니
싱숭생숭하여
가슴이 허전한 것은
빼앗긴 들녘의
봄여름이
아쉽기 때문인가

갈바람에 흩날리는
텅 빈 가슴에 남겨진
자아의 발견은
무엇을 잃고
무엇을 찾고 있는가

숱한 날들을
함께 비비며 기대고
울고 웃으며
익어간 모두가
떠나버린 이 가을
올챙이와
메뚜기 생각이 난다

허허벌판에
남루한 허수아비
그가 바로
나였으면 좋겠다
내 것은
아무것도 없었어
허 허.

신정호수 연가

쫄쫄거리는 나그네 물길
길 가던 객들 모여들어
유유자적 풍류가 넘쳐흐른다.

파르르 물보라 치는 호숫가에
그리움 부푼 사랑 꽃망울
꽃 각시는 오실 임 기다리고

매화꽃 만발한 봄은 오는데
긴긴 세월 기다린 그 임은
어화둥둥 언제나 오시려나.

꽃 각시여 정든 임 오시거든
그 가슴에 여울진 사랑을
잔잔한 마음으로 품으시구려!

신정호수 – 충남 아산시

산막이 옛길

화양계곡 굽이굽이
흘러온 세월의 억겁은
괴산호에 고요하고
괴산댐 물살 빛나는
최초의 수력발전 역사여!

군자산 자락 돌고 돌아
괴산호 굽이 따라 도는
산막이 옛길
아름답도다. 아름다워!

옥녀봉에 발길 멈춰
봇짐 푸는 나그네여!
근심일랑 구름에 맡기고
산바람 강바람에
즐거운 마음 전하시구려.

서리꽃

얼어붙은 달빛 수정체
달밤에 피어난 이슬 얼음꽃
아침 햇살에 빛나누나!

하얀 꽃이 핀 들풀이여
하얀 꽃이 핀 나목이여
밤새워 서릿발 세운 대지여

밤이 새도록 영글어 피고
밤이 새도록 물들어
영원한 사랑을 꿈꾸다가

따사로운 햇살을 사랑한
서리꽃이여!
영원한 사랑은 햇살 같다오.

비와 나랑은

비를 몹시도 기다리는 우리 강산
가슴이 갈라지듯 애타는 울림은
해갈의 장맛비 소낙비를 기다립니다.

사계절 물 품어 넘치던 저수지는
하얀 속살 드러낸 가슴앓이 하며
풍만했던 젖은 가슴을 텅 비웠구려.

메말라 갈라진 대지를 적셔주고
메말라 애타는 가슴을 채워주는
빗임 빗임을 내려주소서 하늘이여!

비도 비를 간절히 원하는 곳에
나도 나를 간절히 원하는 곳에
쫘쫙 퍼붓는 장대비가 되고 싶습니다

사랑의 오솔길

찔레꽃 피는 추억의 오솔길에
한 아름 안겨 오는 임 생각
그리운 얼굴의 미소 아롱거려요.

새하얀 순정을 곱게 물들이던
우정이 넘쳐흐르는 시냇가에
보고 싶은 친구들 모습 아른거려요.

가시 찔린 새끼손가락 걸면서
수줍던 눈망울 붉어진 마음
나 여기 그냥 두고 사랑할래요.

지난날 사랑을 꽃피우렵니다
지난날 우정을 꽃피우렵니다
찔레꽃 피는 오솔길에...

꽃 바람

내 마음 깊은 곳에 새근대던
그리움이 솟아나는 봄
시냇가 버드나무 움이 틀 때면

내 맘의 창문도 빗장도 열리고
꽃과 바람은 연인 되어
눈뜨는 꽃망울을 쓰다듬고 있다.

꽃향기 흐르는 고향의 내음
전하려 기웃거리다가
매화타령 흥얼거리며 춤추고

내 맘 불태우는 화신 꽃바람은
활짝 핀 꽃잎을 휘날리고
싸리나무 문을 꽃향기로 채운다.

진달래야!

동산에 진달래야!
그 누굴 애타게 찾고 있어
나를 불러 내 마음 알아보련

방 그런 너의 얼굴
빙그레 웃으며 보고 있어
너의 볼이 볼그레하다.

진분홍 너의 뺨에
입맞춤하였더니
내 얼굴 뜨거워 붉어진다

너의 마음 나의 마음
보기만 하여도 좋아라!
내 너를 어찌 잊을소냐

귀목나무

오랜 세월 칭칭 두른 몇 아름드리 귀목
고목의 가지에 움트는 새싹은 청춘인가
유구한 역사를 증명하듯 홀로 우뚝 서
건넛마을 정자의 또래를 손짓해 부른다.

동네 한복판에 뿌리내려 살아온 오백 년
봄이 되면 파랑새 집 단장하고
여름이면 시원한 바람 그늘 쉼터 되어
추억 얘기 꽃피우다가 때 넘는 줄 모른다.

갈 떡시루로 풍년과 만수무강 기원하며
누군가 아프면 무속인들 만병통치 빌던
장수마을 수호신으로 군림한 옛이야기
느티나무 전설은 파랑새 노래로 들려온다.

남풍아!

이 바람 좋은 바람
그 바람 몹쓸 바람
설레발 치는 봄날

빛바랜 낙엽들을
버림당한 낙엽들을
그 누가 품어 갔나?

봄바람 너였구나!
꽃바람 너였구나!
바람 탓 뉘 하리오

봄바람 꽃피우고
꽃바람 향기로운
남풍아! 불어 다오.

나목을 품은 사랑

엄동설한 휘감는 칼바람에도
근심 갈래 꽃눈을 꼭 잡고
긴 밤을 지새운 그대를 불러봅니다

아득한 기다림에 봄바람 불면
주렁주렁 꽃망울 터뜨려
그리움 터트릴 그대 마음보입니다.

나목의 앙상한 가지 끝자락에
활짝 꽃피운 목련화여!
그대 품에 그리운 얼굴 떠오릅니다.

만민의 향수

삶의 얘기 꽃피우고
옛이야기 밤 지새는
까치 생각 설날이 오늘이다.

도로마다 정체일세
귀향행렬 답답할지나
한결같은 만민의 마음이다.

그 누가 오라 해서
가라 해서 가겠나요?
향수는 고향 하늘을 달려간다

그리운 날에는

옛날에 다정했던 그가 문득
스쳐 지나는 바람처럼 생각난다
바람 되어 잡히지 않는 그를
몹시도 그리워했나 봅니다.

숱한 날 품고 하늘 향한 발길
버들피리 그리움은 애절하고
개구리잡이 뛰놀던 그 시절
꿈길을 헤맨 듯 아련합니다.

서로서로 불러 반겨 찾고
때론 삐쳐 울게 한 날들 잊으리.
불러도 불러 봐도 메아리 없어
이제는 잊어야 하나 봅니다.

이맘에 그 맘에 슬픔은 가고
우정의 추억만 남기고 가버린
죽마고우가 그리운 날에는
한잔 술이 서러워집니다.

황금알을 셀 틈 없네

흰 눈이 내려와 들판에 쌓이면
산비둘기 날아와 먹이를 찾는 곳

봄비가 내려와 논둑에 찰랑대면
동네 꼬마 달려와 배 띄워 놀던 곳

소몰이 논 갈던 농부는 간데없고
줄 띄워 모심던 농부들 볼 길이 없어라

트랙터 소리에 개구리 놀라 숨고
몇 바퀴 돌아서 바둑판 그려 놓았네!

바둑판 가득한 벼꽃은 피고 지고
한여름 땡볕에 벼 이삭 고개 숙였네!

추수하는 농부는 황금 물결 춤을 추고
황금알을 셀 틈 없는 농부는 즐거워라

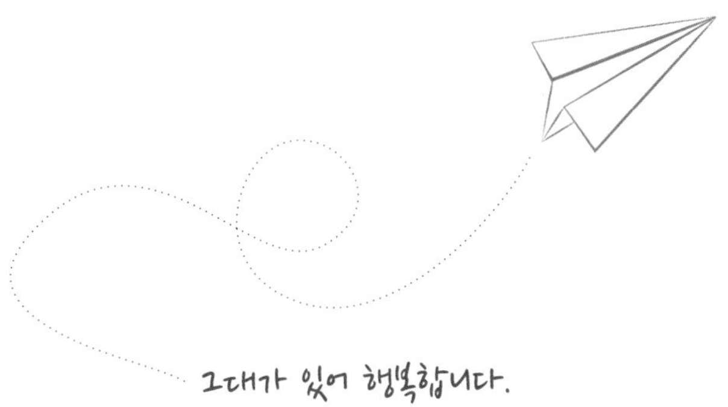

그대가 있어 행복합니다.

삶을 영위하는 환희를 맛 보기 위해 태어나

기술인으로 살아온 삶이 행복하고

시인이 되어 더욱 행복합니다.

어버이와 아내와 자식이 있어 행복합니다.

시인과 연인과 벗들이 있어 행복합니다.

- 시인의 말 중에서 -

그대가 있어 행복합니다

김선목 시집

초판 1쇄 : 2018년 4월 3일
지 은 이 : 김선목
펴 낸 이 : 김락호
디자인 편집 : 이은희
기 획 : 시사랑음악사랑
인 쇄 : 청룡
연 락 처 : 1899-1341
홈페이지 주소 : www.poemmusic.net
E-Mail : poemarts@hanmail.net

정가 : 10,000원

ISBN : 979-11-6284-005-4